Karen Chacek

Ilustraciones de Manuel Monroy

Una mascota inesperada

Castillo de la lectura

1
YO SOY TAB

Me llamo Tab.
Éste es mi cuarto.

Éstos son mis calcetines favoritos.

No entiendo a los adultos.

Piensan que soy más inteligente
porque uso lentes.

Aunque los niños de mi clase
piensan otra cosa.

Los adultos me regalan libros, mapas, rompecabezas, calcetines, aviones para armar y hasta cohetes espaciales.

Se supone que todos los niños inteligentes quieren ser astronautas.

Yo no quiero.

¡Yo quiero una mascota!

Papá dice que en casa no hay suficiente lugar. Pero algo hace, porque cada vez tenemos una tele más grande.

Mamá se queja de que tiene que limpiar todo el día. Dice que no quiere ver pelos, cacas, huellas de patas, juguetes regados, ni croquetas.

Pero ella deja migajas regadas por todos lados cada vez que habla por teléfono con la tía Runa.

A veces escondo los lentes en una maceta para no tener que hacer la tarea.

Pero mamá siempre tiene unos de repuesto escondidos en otra maceta.

Cuando me quito los lentes el mundo
se ve muy diferente.

Es como jugar a encontrarle formas a las
nubes, pero puedes hacerlo en cualquier
parte.

También funciona si voy a comer a casa
de la tía Runa, que cocina horrible.

Si no lo ves, sabe menos feo.

2
LA FERIA

Hoy es viernes y es mi cumpleaños.
Para celebrar pedí que fuéramos a la
tienda de mascotas.

Pero al coche no le dio la gana ir hasta
allá. A los diez minutos se detuvo
frente a la feria.

Me enojé.

Dejé los lentes en el coche. Así no tengo que ver a nadie.

Yo no quiero ir a la feria, ni ser astronauta, ni tener más libros, mapas, rompecabezas, aviones, cohetes, ni calcetines de rayas.

¡Yo sólo quiero una mascota!

Una mancha que parecía un señor
gordo me dijo:

—Lanza una pelota y ganarás un premio.

No quería lanzar una pelota.

Me lo repitió veinte veces y le lancé una
pelota para que se callara.

La pelota pegó en otro lado y derrumbó
una botella.

El señor gordo gritó:

—¡Bravo! ¡Te ganaste el premio!

Me entregó una bolsa repleta de agua.

Yo sólo veía una mancha amarilla...

... pero papá veía otra cosa:

—Mira, Tab, ni siquiera tuvimos que ir a la tienda. Ya tienes tu mascota.

—¡Eso no es una mascota!

—Sí es una mascota —dijo mamá—. Debes ponerle nombre y jugar con ella.

Me puse los lentes. Sólo era un pez amarillo. No era una mascota. A las mascotas las llevas al parque y a los juegos.

Por suerte, todavía me quedaba soplar la vela de mi pastel y pedir un deseo.

3
UN DESEO

Mamá compró mi pastel favorito.

Cierro los ojos, pido un deseo y soplo
fuerte. ¡Pero la vela tonta no se apaga!

Papá sopla conmigo y la vela se apaga.

Ahora no sé cuál deseo se va a cumplir.
¿El mío o el de papá?

En la noche no puedo dormir.

Me le quedo viendo al pez y él se me
queda viendo a mí.

Abre la boca y escupe una burbuja.
Yo abro la boca y escupo otra.

Me dice: "Qué suerte que tu cuarto
sea tan grande. Así nunca te da calor".

Le respondo: "Qué suerte que vivas
en el agua. Así nunca te da sed".

Voy por leche a la cocina y escucho
ruidos. Espero que no sea la cosa
gruñona del refri.

Es mamá, que come un sándwich con
mayonesa y habla por teléfono con
la tía Runa.

Mamá le pone mayonesa casi a todo;
compra frascos gigantes.

Se me ocurre una gran idea.

4
MAYO Y YO

El pez tiene cuarto nuevo. Es mucho más grande y no hace calor. Hay una gran ventana por la que se ve todo.

Y en la puerta dice su nombre: Mayo.

"Buenas noches, Mayo".

"Buenas noches, Tab".

"Oye, Tab, mañana voy contigo al parque y a los juegos".

"Los peces no van al parque ni a los juegos".

"No van porque nadie los lleva".

43

En la mañana Mayo nada peinado,
vestido y listo para ir a la calle.

Está lloviendo. No podemos ir
ni al parque ni a los juegos.

Mayo y yo damos vueltas
por toda la casa.

Papá está de buenas.
Seguro se cumplió su deseo.

En la tarde mamá, papá, Mayo y yo vamos al cine.

¡Qué suerte tengo!

Al cine no puedes entrar con animales verdes o peludos.

Muchos de la escuela tendrían que quedarse afuera...

... pero Mayo y yo podemos ver
toda la película.

En la noche navegamos por un mar
de jabón en la bañera.

Antes de dormir me da sed otra vez.

Saludo a la cosa gruñona del refri
y deja de gruñir.

5
UN MES DESPUÉS

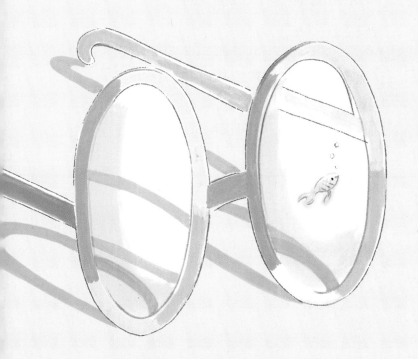

Hoy cumplo seis años y un mes.

Mamá sigue comiendo mayonesa
y hablando por teléfono.

Papá tiene una tele más grande.
¡A los dos se nos cumplió nuestro deseo!

Mayo es mi mascota y me acompaña
a todas partes. Él tampoco quiere ser
astronauta.

Los dos sabemos cómo es ver el mundo
a través de un cristal.